Mister Gogo
King Kofi
Pinsel

Julia Boehme

Tafiti
und die doppelte Majestät

Tafitis Welt:

Band 1: Tafiti und die Reise ans Ende der Welt
Band 2: Tafiti und das fliegende Pinselohrschwein
Band 3: Tafiti und das Riesenbaby
Band 4: Tafiti und Ur-ur-ur-ur-ur-uropapas Goldschatz
Band 5: Tafiti und ein heimlicher Held
Band 6: Tafiti und die Affenbande
Band 7: Tafiti und der Honigfrechdachs
Band 8: Tafiti und das große Feuer
Band 9: Tafiti und die doppelte Majestät

Meine Freunde (Tafiti)

Lernen mit Tafiti: Zahlen von 1 bis 10
Lernen mit Tafiti: Erste Buchstaben
Lernen mit Tafiti: Erstes Schreiben
Lernen mit Tafiti: Rechnen von 1 bis 20

Bilderbücher:
Tafiti und der geheimnisvolle Kuschelkissendieb
Tafiti: Heute bin ich du!
Das große Tafiti-Wimmelbuch

Tafitis Savannenparty – Lernspiele (App)

www.TafitisWelt.de

Julia Boehme

Tafiti
und die doppelte Majestät

Illustriert von Julia Ginsbach

Loewe

FSC
www.fsc.org
MIX
Papier aus verantwortungsvollen Quellen
FSC® C018236

ISBN 978-3-7855-8419-4
1. Auflage 2017

Illustrationen: Julia Ginsbach
Umschlaggestaltung: Michael Dietrich
Printed in Poland

www.TafitisWelt.de
www.loewe-verlag.de

Inhalt

Eine piksige Angelegenheit 11

Unliebsame Gäste 15

King Kofi ist überall 23

Schlossbesichtigung mit Folgen 34

Hoch lebe der König! 46

Wiedersehen am Notausgang 57

Fauler Zauber 66

Es lebe King Kofi! 73

Eine piksige Angelegenheit

Tafiti und Pinsel streifen durchs hohe Savannengras.

„Hilfe!“, ruft es da. „Hiiilfe!“

Die beiden Freunde schauen sich an.

„Wir kommen!“, ruft Tafiti und wuselt durchs Gestrüpp.

Pinsel kämpft sich hinterher. „Nun warte doch“, grunzt er.

„Hiiilfe!“ Tafiti schaut sich um. Das Rufen klingt ganz nah, aber er kann niemanden sehen. Merkwürdig!

„Hier unten“, wimmert es kläglich. „Ich bin in dieses verflixte Loch gekullert!“

„Ach, da bist du!“ Jetzt hat Tafiti ihn entdeckt: In einem alten Bau steckt ein Igel fest.

Kugelrund zusammengerollt, kann er weder vor noch zurück.

„Wie bist du denn da hineingeraten?“, staunt Pinsel.

„King Kofi hat mich erschreckt“, erklärt der Igel. „Da hab ich mich schnell zusammengerollt. Wie man das als Igel so macht. Bloß dann bin ich den Hang hinuntergekullert – genau in dieses Loch hinein. Und jetzt stecke ich fest!“

Pinsel nickt. „Das kann man wohl sagen!“

„Ihr müsst mir helfen“, fleht der Igel. „Bitte!“

Das Problem ist, dass ein zusammengerollter Igel nichts anderes ist als ein Stachelball. Wo man auch anfasst: Es pikst höllisch.

„Autsch!“, ruft Tafiti, als er versucht, den Igel zu packen.

„Pfoten weg“, grunzt Pinsel.

Er hat Hufe, die sind nicht so empfindlich. Doch die Stacheln sind so lang, dass sie ihm in die Beine piksen.

Pinsel beißt die Zähne zusammen. Und auch Tafiti packt noch einmal mit an. Denn zu zweit geht alles besser.

„Hau ruck!“, rufen sie.

Und der Igel ist frei!

„Danke!“, jubelt er und rollt sich blitzschnell auseinander. „Das werde ich euch nie vergessen!“

„Wir werden dich auch nicht so schnell vergessen“, lacht Tafiti und pustet auf seine zerstochenen Pfoten.

„Das war eine ganz schön stachelige Angelegenheit“, meint er, als er mit Pinsel nach Hause trottet.

„Autsch!“, ruft er plötzlich. „Das ist ja komisch: Ich habe immer noch das Gefühl, ich werde gestochen“, meint er und kratzt sich.

Auch Pinsel schubbert sein Fell. „Ich auch“, grunzt er. „Au! Da, schon wieder. Merkwürdig!“

Unliebsame Gäste

„Vielleicht gar nicht so merkwürdig", meint Opapa, als sie ihm davon erzählen. Denn das Piksen hört und hört nicht auf.

Opapa holt seine große Lupe und untersucht Tafitis Fell.

„Hab ich's mir doch gedacht", murmelt er. „Flöhe!"

„Mist, sie haben uns erwischt“, piepst es.

„Macht doch nichts“, krakeelt ein Floh. „Sie können eh nichts machen!“

In Tafitis Fell kichert es. Und in Pinsels auch.

„Aber natürlich kann man da was machen!“ Zum Glück weiß Omama Rat. „Ihr nehmt ein schönes heißes Bad!“

„WAS?“, rufen die Flöhe erschrocken.

„Seht ihr“, lacht Omama. „Das mögen die Flöhe gar nicht!“

„Was heißt hier nicht mögen?“, piepsen die Flöhe empört. „Wir ertrinken!“

„Ihr könntet ja vorher umziehen“, schlägt Omama vor. „Aber nehmt keinen von uns!“

„Wo sollen wir denn sonst hin? Wir brauchen jemanden, auf dem wir leben. Und der Igel ist weg“, jammern die Flöhe.

„Ach was, der Igel war eh so stachelig“, nölt einer. „Wir wollen jemanden mit richtig schönem Fell!“

„Wir können ja auch nur einen von euch nehmen, wenn ihr wollt“, schlägt ein anderer Floh vor. „Der Dicke ist ganz prima.“

„Der Dicke?“, grunzt Pinsel. „Welcher Dicke?“

„Na, du“, piepst es. „Auf dir ist Platz für uns alle. Die Erdmännchen bleiben verschont. Vor allem die, die so gerne baden gehen!“

„Vielen Dank auch“, schnaubt Pinsel. „Aber um euch loszuwerden, würde selbst ich ein heißes Bad nehmen! Und zwar jetzt gleich!“

„Nein! Bitte, bitte nicht!“, flehen die Flöhe. „Wir stechen dich auch nur ganz selten. Versprochen!“

„Pah!“, schnaubt Pinsel.

„Und außerdem können wir tolle Kunststücke“, rufen die Flöhe. „Streck mal deine Arme aus!“

Pinsel rollt mit den Augen, aber dann streckt er doch seine Vorderbeine aus. Die Flöhe versammeln sich auf dem rechten Huf.

„Passt gut auf! Als Erster kommt Florian!“, rufen sie.

Florian springt hinüber zum linken Huf. Aber nicht einfach so. Nein, mit einem dreifachen Salto! Flodora kann sogar einen fünffachen. Und Floribert schafft sechs Salti hintereinander. Dann kommen Florentine und Florabella.

Die eine springt von rechts, die andere von links. In der Mitte wirbeln sie umeinander herum, dass Pinsel ganz schwindelig wird. Florenzo und Florina sind Hochsprungmeister. Sie springen bis hoch an die Decke. Ein Klacks für sie. Am Schluss hüpfen alle gemeinsam: Sie springen hin und her, hoch und runter und drehen sich im Kreis. Es ist wie ein Feuerwerk! Einfach atemberaubend!

„Bravo!“, jubeln die Erdmännchen und applaudieren begeistert. Und auch Pinsel hätte fast mit den Hufen geklatscht, wenn ihm nicht gerade noch eingefallen wäre, wie gefährlich das für die kleinen Akrobaten wäre.

„Ihr seid echte Künstler“, staunt er.

„Allerdings“, piepsen die Flöhe. „Das ist Flohzirkus der Spitzenklasse!“

„Ich bin auch ein Künstler“, erklärt Pinsel.

„Du kannst Salto?“, fragen die Flöhe verdutzt.

Pinsel schüttelt den Kopf. „Ich male“, erklärt er. „Und ich denke, echte Künstler müssen zusammenhalten. Wenn ihr mich nicht allzu oft stecht, dürft ihr in meiner Mütze wohnen. Was meint ihr?“

„Juhu!“, jubeln die Flöhe. „Und du versprichst uns, nicht zu baden?“

„Versprochen!“, sagt Pinsel. Das fällt ihm nicht schwer.

„Vielleicht müsst ihr Pinsel ja überhaupt nicht mehr stechen“, meint Omama und verschwindet in der Küche. Wenig später kommt sie wieder. Mit einem Tellerchen voller kleiner roter Tropfen.

„Probiert mal. Es muss ja nicht immer Blut sein, oder?“, fragt sie.

Die Flöhe probieren. Aber der Himbeersaft schmeckt ihnen nicht.

„Blut oder gar nichts“, meinen sie und saugen lieber ein bisschen an Pinsel.

Der lächelt tapfer. Es ist schließlich für die Kunst!

King Kofi ist überall

Am nächsten Tag streunen Tafiti und Pinsel wieder einmal durch die Savanne. Die Flöhe haben es sich oben auf Pinsels Mütze gemütlich gemacht und genießen die Aussicht. Die Sonne scheint, wenn auch ein bisschen heiß. Der Himmel ist blau und die Vögel singen. Tafiti macht einen Luftsprung. Natürlich längst nicht so hoch wie ein Floh. Aber immerhin.

„Was für ein wunderschöner Tag!“, jubelt er.

„Da*f*s finde ich auch“, lispelt eine tiefe Stimme.

Und mit einem Schlag ist es gar kein so wunderschöner Tag mehr. Zumindest nicht für Tafiti und Pinsel. Hinter ihnen steht nämlich ein Löwe. Und zwar kein anderer als King Kofi, Seine hochwohlgeborene Löwenmajestät.

Pinsel verschlägt es die Sprache. Und auch die Flöhe sind ausnahmsweise still. Schnell verkriechen sie sich unter der Mütze.

Tafiti holt tief Luft. „Majestät, schön, Sie zu sehen. Wie geht’s denn so?“, fragt er, um ein bisschen Zeit zu gewinnen.

„Mir geht e*f*s gan*f*z au*f*sge*f*zeichnet!“, schnurrt King Kofi.

„Wie *f*soll es mir *f*sonst gehen, wenn mir mein Mittage*f*ssen direkt in die Arme läuft?“

„Das Mittagessen?“ Pinsel schluckt. „Wir schmecken doch gar nicht!“

Doch so leicht lässt sich ein Löwe nicht austricksen.

„Da*f*ss ich nicht lache!“ King Kofi schleckt sein Maul. „*f*Schweinebraten ist meine Leib*f*spei*f*se. Und Erdmännchen*f*spie*f*ß ist auch nicht *f*zu verachten!“

Unauffällig blickt sich Tafiti um. Wie kommen sie nur weg? Einfach nur wegrennen hilft nichts, denn King Kofi ist schneller. Doch zum Glück entdeckt er einen Erdbau. Nur wenige Schritte entfernt.

King Kofi grinst, dass seine spitzen Zähne funkeln. „Na, wer will zuerfst?“

Tafiti und Pinsel rücken zusammen.

„Dahinein“, wispert Tafiti seinem Freund zu. „Und zwar dalli!“

„Ehrlich gesagt: keiner“, ruft er und flitzt los.

Pinsel saust hinterher. Und bevor der verdutzte Löwe zum Sprung ansetzen kann, sind die beiden in dem Bau verschwunden.

„RAUfS DA! fSOFORT!“, brüllt Seine Majestät außer sich. „Ich hab jetfzt Hunger, verflifxt noch mal!“

„Wir sind doch nicht blöd!", grunzt Pinsel.

„Und ich bin auch nicht blöd!" King Kofi legt sich dick und breit vor den Höhlenausgang. So, dass keiner mehr an ihm vorbeikommt. „Dann wird aufs dem Mittagefssen eben das Abend-efssen. Ewig könnt ihr da nicht drinbleiben!"

„Tun wir auch nicht", flüstert Tafiti fröhlich. Denn jeder gescheite Bau hat für so einen Fall noch einen kleinen Notausgang. Und als King Kofi draußen eingenickt ist und so laut schnarcht, dass das Savannengras zittert, schleichen sich die beiden Freunde tiefer in den Bau.

Sie tapsen durch den langen dunklen Gang. Sand rieselt hier und da von der Decke. Und als Pinsel über eine Wurzel stolpert und einen regelrechten Purzelbaum schlägt, rieselt es nicht nur: Eine ganze Fuhre Sand und Erde rutscht in den Gang. Mitten auf Pinsel drauf.

„Manno!“, schimpfen die Flöhe.

„Oje, geht's euch gut? Alles in Ordnung?“, fragt Pinsel besorgt.

„Ja, ja“, grummeln die Flöhe.

„Pass gefälligst besser auf!“

„Natürlich!“ Hustend versucht er voranzukommen. Doch es geht nicht.

„Oh verflixt!“, schnauft er. „Ich stecke fest!“

„Kein Problem!“, ruft Tafiti. Wozu ist er ein Erdmännchen? Die können graben wie niemand sonst. Schon legt er los.

Und in wenigen Minuten ist Pinsel wieder ausgebuddelt.

„Danke“, grunzt der.

„Nicht den Kopf stoßen!“, meckern die Flöhe.

„Aber ja!“ Geduckt läuft Pinsel weiter. Gar nicht so einfach, denn der Gang wird immer niedriger. Aber da ist zum Glück schon der Notausgang!

„Wir haben’s geschafft“, jubelt Pinsel und saust hinaus an die frische Luft.

Tafiti springt hinterher. Und wird blass. Denn direkt vor dem Ausgang steht ein Löwe. King Kofi? Wie kommt der denn so schnell hierher? Wären Pinsel und Tafiti nicht so verdutzt, hätten sie es vielleicht noch geschafft, zurück in den Bau zu fliehen. Aber so ist der Löwe schneller und versperrt ihnen den Weg.

„Na, wen haben wir denn da?", schnurrt er.

Tafiti und Pinsel schauen sich heimlich um. Irgendwo muss es doch eine Rettung geben. Aber hier ist nichts, wo sie sich verstecken könnten. Nur die offene Savanne. Und so schnell Pinsel auch laufen kann: Ein Schweinsgalopp ist nichts gegen einen Löwensprint.

Pinsels Beine sind weich wie Wackelpudding. Diesmal haben sie keine Chance.

„Warum zitterst du denn so?“, fragt der Löwe gut gelaunt.

„Ich?“, grunzt Pinsel. „Weil ...“

„Majestät, Sie wissen doch, dass Omamas Kuchen viel besser schmeckt als wir“, wendet Tafiti ein.

Der Löwe guckt sie verdutzt an. Dann lacht er so, dass Pinsel Gänsehaut bekommt.

„Ihr denkt, ich will euch fressen?“, brüllt er.

Pinsel nickt.

„I wo, woher denn? Ich wollte euch nur nach dem Weg zur Löwenresidenz fragen."

Pinsel und Tafiti können es nicht fassen: Was ist denn mit King Kofi los? Hat der jetzt vergessen, wo er wohnt? Er will sie wohl auf den Arm nehmen!

Trotzdem streckt Tafiti seine Pfote aus. „Zur Löwenresidenz geht's immer da lang!"

„Danke sehr", maunzt der Löwe und trottet davon. Einfach so. Er dreht sich nicht mal um.

Tafiti und Pinsel sehen zu, dass sie wegkommen.

„Was war *das* denn?", schnauft Pinsel außer Atem.

„Keine Ahnung!" Tafiti zuckt ratlos mit den Schultern.

„Vielleicht hat King Kofi ja einen Sonnenstich! Und merkwürdig: Nicht mal gelispelt hat er."

Pinsel bleibt so abrupt stehen, dass die Flöhe in seiner Mütze durcheinanderpurzeln.

„He, hallo! Kannst du nicht aufpassen!", meckern sie.

Aber Pinsel achtet gar nicht darauf.

„Genau!", grunzt er aufgeregt. „Er hat nicht gelispelt. Komisch!"

Tafiti überlegt. „Was, wenn das gar nicht King Kofi war?"

„Wie meinst du das?", fragt Pinsel verdattert.

„Was, wenn es ein anderer Löwe war?", sagt Tafiti. „Die sehen doch alle gleich aus."

Einen zweiten King Kofi? Pinsel wird blass. „Au Backe!", ruft er erschrocken.

Schlossbesichtigung mit Folgen

Die beiden Freunde schauen sich an und denken dasselbe.

Die Flöhe lugen unter der Mütze hervor. „Ihr wollt doch jetzt wohl nicht …"

„Klar wollen wir!", ruft Tafiti. „Auf zum König!"

„Nein!", protestieren die Flöhe.

„Ich verstehe ja, dass ihr Angst vor King Kofi habt, aber…" Weiter kommt Pinsel nicht.

„Wir haben keine Angst vor Löwen", unterbrechen die Flöhe ihn grob. „Nur wenn wir auf seinem Futter sitzen, macht sich das nicht gut!"

„Das Futter, ehm, ich meine, *wir* passen schon auf", verspricht Pinsel.

„Wir gucken nur mal von Weitem."

„Okay, macht, was ihr wollt", meint Florenzo.

„Aber setz gefälligst die Mütze ab, bevor du gefressen wirst. Hörst du, Dicker?“

„Ich bin nicht dick“, grummelt Pinsel. Wenn die da oben so weitermachen, lässt er die Mütze auf. Und zwar extra.

Je näher sie an die Löwenresidenz kommen, desto doller schlägt Pinsels Herz.

„Ich hoffe, du irrst dich, Tafiti“, schnauft er. „Zwei Majestäten? Was zu viel ist, ist zu viel!“

Leise schleichen sie durchs hohe Gras.

„Hoffentlich werden wir nicht erwischt“, haucht Tafiti.

Pinsel nickt. Schon ein einziger Löwe ist gefährlich genug. Wie sollen sie dann mit zweien fertig werden?

„He, ihr da oben“, raunt Pinsel den Flöhen zu. „Wenn ihr mich jetzt stecht und ich deshalb nur ein bisschen quieke, dann sind wir alle dran. Also haltet euch zurück!“

„Ja, schon gut! Wir haben's kapiert“, piepsen die Flöhe.

Lautlos pirschen sich Tafiti und Pinsel die letzten Meter an die Löwenresidenz heran. Keiner bemerkt sie. Die Wachen sind beschäftigt. Sie haben den fremden Löwen umzingelt und bringen ihn zu King Kofi.

„Ein Eindringling!“, knurren sie. „Sollen wir ihn ins Gefängnis bringen, Majestät?“

„Ja, ab mit ihm!“ King Kofi bleibt lässig auf dem Thron sitzen. Auf die Wachen ist Verlass.

„Moment mal! Ich bin dein Cousin Schaha Kenua“, ruft der fremde Löwe.

„Mein Coufsin?“, staunt King Kofi.

„Ja, wenn du willst, erklär ich es dir!“

King Kofi gibt den Wachen ein Zeichen. „Lafsst ihn fsprechen."

Schaha Kenua holt tief Luft. „Alllllllso, deine Mutter hatte eine Tante, also die Schwester deiner Großmutter, deren Mann hatte einen älteren Bruder, der mit meiner Urgroßmutter verheiratet war. Tja, und so sind wir Cousins. Um ein paar Ecken natürlich. Aber die Sache ist ganz einfach, nicht wahr?"

„Ja, ganfz einfach. Allefs klar", stammelt King Kofi verwirrt. „Hauptfsache Coufsinfs!"

Dann herrscht er seine Wachen an. „Lafsst ihn frei! fSofort!"

Die Hyänen lassen ihre Speere sinken.

„Danke, mein Lieber!“ Schaha Kenua haut Kofi krachend auf die Schulter. „Freut mich, dich endlich kennenzulernen!“

„Gan*f*z meiner*f*seit*f*s!“, lispelt King Kofi und reibt sich die Schulter.

„Und?“, fragt der neue Cousin. „Willst du mir nicht etwas zu essen anbieten? War eine lange Reise hierher.“

„Gewi*f*ss!“ King Kofi klatscht in die Tatzen.

Schon kommen ein paar Hyänen angeschwänzelt. „Sie wünschen, Majestät?“

„Holt wa*f*s *f*zum Futtern! Mein lieber Cou*f*sin hat Hunger. Und ich auch“, befiehlt King Kofi.

Wenig später bringen die Hyänen Platten mit Trauben und Melone.

„Da*f*s Flei*f*sch ist gerade au*f*s“, entschuldigt sich King Kofi. „Tut mir *f*sehr leid, *f*zwei Braten waren *f*schon *f*so gut wie *f*sicher“, nuschelt er. „Aber irgendwie haben die *f*sich aus dem *f*Staub gemacht, die Braten!“

Tafiti und Pinsel schauen sich an. Damit waren sie wohl gemeint.

King Kofi hüstelt verlegen. „Dabei habe ich den Höhleneingang *f*so gut bewacht. Wei*f*ß gar nicht, wie da*f*s pa*f*ssieren konnte.“

Schaha Kenua fasst sich an die Stirn. „Macht doch nichts, mein Lieber“, säuselt er und würgt ein paar Trauben hinunter. „Willst du mir nicht mal deine Residenz zeigen?“, fragt er dann.

„Na, *f*sicher doch!“ King Kofi springt auf. „Komm mit!“

Tafiti und Pinsel ducken sich. Hoffentlich werden sie nicht entdeckt!

Doch die beiden Löwen haben nur Augen für King Kofis Palast.

„Hier ist der Thron*f*saal, hier da*f*s *f*Schlaf*f*zimmer, da*f*s königliche Klo und dort die Küche.“

„Ist das alles?“, fragt Schaha Kenua verächtlich.

„Ehm, wie*f*so?“, lispelt King Kofi. „I*f*st doch alle*f*s *f*sehr *f*schön!“

„Schon, schon“, meint Schaha gedehnt. „Aber was ist mit dem Kerker? Den hast du doch auch, nicht wahr?“

„Aber ſelbſtverſtändlich!“, meint Seine Majestät lächelnd. „Wärſt du nicht mein lieber Couſin, hätte ich dich da eingeſperrt!“

Schaha Kenuas Augen funkeln. „Zeig mal!“

Tafiti und Pinsel recken die Hälse. King Kofi führt seinen Cousin zu dem Gefängnis. Der König will seinem Besuch den Vortritt lassen. Doch Schaha gibt sich bescheiden. „Nach dir, mein Lieber.“

„Gerne, gerne!“ King Kofi spaziert stolz in seinen Kerker. „Garantiert au*f*sbruch*f*s*f*sicher!“

„Freut mich zu hören“, meint Schaha Kenua.

Blitzschnell schlägt er die schwere Kerkertür zu und verrammelt sie von außen.

„Viel Spaß im Gefängnis!“, ruft er.

„He!“, brüllt King Kofi. „Wa*f*s *f*soll das?“

Doch dann lacht er. „Du mach*f*st Scher*f*ze! Ha*f*st mich gan*f*z *f*schön er*f*schreckt!“

„Das war kein Scherz, mein Lieber!“, schnurrt Schaha Kenua. „Es kann hier nur eine Majestät geben. Nicht wahr? Und das bin jetzt ich!“

„Wa*f*s? Nein!“, brüllt King Kofi. „La*f*ss mich hier rau*f*s! *f*Sofort!“

Die neue Majestät schüttelt ihre Mähne. „Du hattest deinen Spaß, jetzt bin ich mal dran!“

Tafiti und Pinsel schauen sich an. Das gibt es doch nicht: King Kofi wurde abgesetzt. Und jetzt gibt es eine neue Majestät?

„Die Hyänen“, wispert Tafiti Pinsel zu, „die werden King Kofi schon befreien.“

Doch da täuscht Tafiti sich.

„Hört mal alle her“, ruft Schaha Kenua den Dienern zu. „Ich bin jetzt der neue König. Und wer seinen Job hier behalten will, dem zahl ich das Doppelte!“

Das Doppelte? Die Hyänen sind schon überzeugt. King Kofi hat ihnen gar nichts gezahlt und jetzt bekommen sie das Doppelte!

„Hoch lebe unser neuer König!“, kläffen sie und wedeln mit den Schwänzen.

„Komm, das müssen wir den anderen erzählen“, flüstert Tafiti aufgeregt.

Pinsel nickt. Nur schnell weg hier. Sie haben mehr als genug gesehen!

Hoch lebe der König!

Tafiti und Pinsel sind noch unterwegs, als sie die Trommeln hören. Atemlos bleiben sie stehen und spitzen die Ohren.

„Tiere der Savanne! Freut euch und jubelt: Es gibt einen neuen König! Kommt morgen zur großen Parade bei der Residenz. Lang lebe König Schaha Kenua!“, dröhnt es. Die Sprache der Buschtrommeln können hier alle verstehen.

„Och“, grunzt Pinsel enttäuscht. „Jetzt weiß ja jeder schon Bescheid. Und ich dachte, wir überraschen sie mit den Neuigkeiten!“

Aber nein.

„Wir haben einen neuen König!“, ruft Tutu, als Tafiti und Pinsel nach Hause kommen.

Omama und Opapa tippeln im Wohnzimmer aufgeregt hin und her. „Habt ihr das auch schon gehört? Was ist denn mit King Kofi?“

„Der wurde abgesetzt“, erklärt Tafiti. „Und eingesperrt!“

„Juhu!“ Tutu macht einen Freudentanz.

„Langsam, langsam“, mahnt Opapa. „Der Neue muss ja nicht besser sein!“

„Wieso eigentlich nicht?“, fragt Omama.

„Weil …“ Opapa fällt gerade nichts ein. Was selten ist.

„Viel schlimmer als King Kofi kann er zumindest auch nicht sein“, findet Omama.

„Zu uns war er ganz nett“, meint Pinsel.

„Ihr habt ihn getroffen?“, ruft Opapa erstaunt.

Pinsel nickt stolz. „Haben wir!“

„Und? Erzählt schon!“, drängt Omama.

„Aber ja!“ Pinsel strahlt. Ein paar Neuigkeiten bleiben ihm also doch zu berichten. Gerade will er richtig ausholen, da kommt Tafiti ihm zuvor: „Wir sind vor King Kofi geflohen und direkt in Schaha Kenuas Arme gelaufen.“

„Und?“, fragen Omama, Tutu und Opapa wie aus einem Mund.

„Nichts“, erklärt Tafiti. „Er hat uns laufen lassen.“

„Ihr denkt, ich will euch fressen? I wo, woher denn?“, wiederholt Pinsel mit verstellter Stimme. „Das hat er gesagt!“

„Was? Wirklich?“, ruft Omama.

„Aber er ist doch ein Löwe, oder?“, erkundigt sich Opapa verdutzt.

„Ist er“, bestätigt Tafiti.

„Hurra!“, ruft Omama und dreht sich mit Tutu im Kreis. „Wunder gibt es immer wieder!“

„Wunder“, knurrt Opapa misstrauisch. „Morgen gehen wir zur Parade. Das Wunder will ich sehen!“

Am nächsten Tag versammeln sich die Tiere der Savanne bei der Residenz. Sie sind alle gespannt auf den neuen König. King Kofi trauert niemand nach. Warum auch?

„Wo ist der neue König denn? Habt ihr ihn schon gesehen?“ Tutu stellt sich auf die Zehenspitzen. Und auch Tafiti und Pinsel recken die Hälse.

Plötzlich erklingt ein Fanfarenstoß. „Macht Platz für Seine Majestät Schaha Kenua!“

Die Menge hält den Atem an: Da kommt er, begleitet von den Hyänen. Mit hoch erhobenem Haupt, auf dem King Kofis Krone glitzert, schreitet der neue König durch die Reihen. Er winkt majestätisch nach rechts und links.

„Sehr stattlich!“ Omama winkt zurück.

„Lass das“, zischt Opapa ärgerlich. „Wir wissen doch noch gar nicht, wie er wirklich ist.“

Aber Omama lässt sich nicht davon abhalten. Und sie ist nicht die Einzige. Viele der Tiere schwenken Fahnen und applaudieren.

Ihr Jubel ist kaum zu halten, als Schaha Kenua dann seine Rede hält: „Liebe Untertanen, die Schreckensherrschaft von King Kofi ist vorbei. Er bekommt seine gerechte Strafe für all seine Untaten. Eine friedvolle, glänzende Ära beginnt nun, mit mir, eurem neuen König Schaha Kenua!“

Die neue, selbst ernannte Majestät grinst in die Runde. Dass scharfe Zähne dabei aufblitzen, stört niemanden. Der König hat doch *friedvoll* gesagt, oder nicht?!

„Und wo ihr nun alle da seid“, sagt Schaha Kenua, „gibt’s auch was zu futtern!“

„Juhu!“, jubeln alle.

Schaha Kenua reibt sich die Tatzen. „Und zwar für mich!“, brüllt er und springt vom Podest.

Hasenrücken, Schweinebraten, Erdmännchenspieße, Zebrakeulen, Antilopenrippchen, Elefantenbauch. So viel Auswahl hatte er noch nie. Kenua kann sich nicht entscheiden, zumindest nicht so schnell. Wenn die Speisekarte so groß ist, dauert es eben länger. Und das ist ein Glück für die Tiere. Für einen Moment stehen sie wie versteinert da.

„Macht, dass ihr wegkommt!“, ruft Tafiti.

Schon rasen alle auseinander. Der Löwe schluckt. Seine Speisekarte schrumpft jäh zusammen. Appetit hin oder her, jetzt heißt es irgendwas erwischen. Egal was.

Er blickt sich um. Sehr gut, da ist ja noch ein feiner Schweinebraten. Und das Beste ist: Oben auf dem Schweinerücken hocken doch tatsächlich ein paar Erdmännchen. Schaha Kenua schleckt sich sein Maul. Hervorragend, da ist die Vorspeise ja gleich dabei! Der neue König sprintet los. Dass seine Krone runterkullert, spielt keine Rolle. Jetzt wird gejagt!

„Er kommt!", kreischt Omama. „Pinsel, lauf!"

Pinsel rennt, so schnell er kann. Im Schweinsgalopp ist er zwar schneller als die Erdmännchen. Aber mit fünf von ihnen auf dem Rücken ist er deutlich langsamer als sonst. So hat er gegen Schaha Kenua keine Chance.

„Da in die Höhle!", ruft Tafiti.

Nur wenige Meter vor ihnen ist ein Erdloch. Gerade groß genug für Pinsel! Der gibt sein Bestes. Mit einem gewaltigen Endspurt erreicht er den Eingang. Eine Schweineohrenlänge vor Schaha Kenua, der nun ins Leere schnappt.

„Verflixt!", flucht er.

Die Erdmännchen kichern vor Glück.

„Das war so knapp!“ Tafiti hält die Pfoten dicht beieinander. „Du bist spitze, Pinsel!“

Pinsel sagt gar nichts. Er keucht nur, außer Atem, aber glücklich.

„Danke!“, sagt Omama und gibt dem verdutzten Pinselohrschwein einen dicken Kuss.

Opapa räuspert sich. „Danke, Pinsel“, nuschelt er.

„Noch – sind – wir – nicht – zu – Haus“, japst Pinsel.

„Aber bald“, grinst Tafiti. „Du weißt doch, alle Höhlen haben Notausgänge!“, flüstert er seinem Freund ins Ohr. Schaha Kenua braucht das ja nicht zu hören.

Wiedersehen am Notausgang

Der Löwe scharrt mit seinen Tatzen am Höhleneingang herum. Damit er vielleicht doch noch reinpasst. Doch bald gibt er auf.

„Und ich kriege euch noch!“, droht er von außen. „Heute gibt es Erdmännchenspieße und Schweinebraten oder ich will nicht mehr Schaha Kenua heißen.“

„Wie denn dann?“, erkundigt sich Tafiti frech. „King Doofi, oder was?“

Schaha Kenua faucht, dass sich draußen das Savannengras biegt. „Wer zuletzt lacht, lacht am besten! Und das werde ich sein!“

Tafiti nickt den anderen zu. Es ist Zeit für den Notausgang. Lautlos schleichen sie den langen Gang entlang. Auch die Flöhe sind ausnahmsweise still. Selbst der kleine Baba gibt keinen Mucks von sich. Und Schaha Kenua? Der kann warten, bis er schwarz wird.

Der Gang schlängelt sich mal nach rechts, mal nach links, dann steigt er wieder an.

„Geschafft!“, flüstert Tafiti.

Diesmal springt er nicht gleich hinaus, sondern späht vorsichtig nach draußen. Sicher ist sicher. Das gibt es doch nicht! Da sitzt, direkt vor dem Ausgang, Schaha Kenua.

„Ihr denkt wohl, ihr könnt mich austricksen, aber so blöd wie euer King Kofi bin ich nicht“, meint er und grinst.

„Oha“, haucht Omama.

„Umdrehen“, raunt Opapa. „Lagebesprechung!“

Pinsel und die Erdmännchen ziehen sich etwas tiefer in die Höhle zurück.

„Ihr könnt genauso gut gleich rauskommen“, ruft Schaha Kenua ihnen nach. „Am Ende kriege ich euch doch!“

„Oje, ist das furchtbar“, piepsen die Flöhe.

„Aber uns kann er nicht aushungern“, ruft Florian.

„Autsch“, ruft Pinsel. „Jetzt doch nicht!“

„Wann dann?“ Florentine sticht ebenfalls zu. „Trinkt, solange ihr noch trinken könnt!“

„Au“, jammert Pinsel. Von sieben Flöhen zugleich gestochen zu werden, ist kein Spaß.

„Hört auf, verrückt zu spielen“, schimpft Opapa. „Wir kommen hier raus. Und ich weiß auch schon wie.“ Er schiebt seine Brille zu-

recht. „Der Kerl kann nicht an jedem Ausgang gleichzeitig sein", flüstert er den anderen zu. „Lasst uns zurück zum Eingang gehen."

„Aber wenn er uns hier nicht mehr hört, wird er uns dort erwarten. Wetten?", fragt Pinsel.

Tafiti überlegt. Pinsel hat recht: Schaha Kenua ist nicht dumm. „Vielleicht sollte einer hierbleiben, um ihn abzulenken. Dann können die anderen unbemerkt entkommen."

„Aber wer soll das sein?", fragt Omama.

„Ich natürlich", meint Tafiti.

„Kommt gar nicht infrage. Ich übernehme das", widerspricht Pinsel.

„Nein, ich!“, sagt Tafiti.

„Nein, ich!“

Die beiden Freunde schauen sich an. „Wir machen das gemeinsam!“

Opapa nickt. „Und wir holen Hilfe, sobald wir draußen sind. Wir kriegen euch hier raus!“

„Abgemacht!“, ruft Tafiti.

Omama drückt Tafiti und Pinsel an ihr Herz. „Passt auf euch auf!“

„Ihr auch“, grunzt Pinsel.

Dann schleichen Tutu, Opapa und Omama mit Baba zum Eingang zurück. Während Pinsel und Tafiti zum Notausgang laufen.

Vorsichtig schauen sie hinaus. Der Löwe sitzt immer noch da.

„Sie sind ganz schön clever, Majestät!“, ruft Tafiti ihm zu.

„Na, es weiß doch wohl jeder, dass Höhlen Notausgänge haben!“ Der Löwe lacht. „Bis auf King Kofi vielleicht, diesen Deppen!“

„Und wie lange wollen Sie uns hier schmoren lassen?“, erkundigt sich Pinsel.

„Bis ihr freiwillig rauskommt“, grient Schaha Kenua. „Ich hungere euch aus!“

„Au!“ Pinsel beißt die Zähne zusammen. Die Flöhe denken nicht daran, sich aushungern zu lassen.

„Was heißt hier *Au*?“, fragt der Löwe misstrauisch.

„Mein Magen tut mir so weh“, erklärt Pinsel schnell. „Vor lauter Hunger!“ Ganz gelogen ist es nicht. Pinsel hat immer Hunger.

„Umso besser! Dann muss ich ja gar nicht lange warten!“, freut sich die Löwenmajestät.

Plötzlich raschelt es hinter Pinsel und Tafiti. Erschrocken drehen sie sich um. Es sind Omama, Opapa, Tutu und Baba und sie sind ganz blass. Gemeinsam kriechen sie tiefer in den Gang zurück, um sich heimlich zu besprechen.

„Der Eingang war versperrt!“, japst Opapa.

„Mit einem großen, schweren Stein“, ergänzt Tutu. „Den kriegst nicht mal du weg, Pinsel!“

„Ganz schön gerissen“, staunt Tafiti.

Omama schnieft in ihr Taschentuch. „Da lob ich mir King Kofi!“

Pinsel nickt. „Jetzt sitzen wir richtig in der Patsche! Da kommen wir nicht mehr raus, wenn kein Wunder geschieht!“

„Hat Omama nicht gesagt, dass es immer wieder Wunder gibt?“, fragt Tafiti und grinst. „Ich glaube, ich habe da eine Idee!“

Fauler Zauber

„Nein, niemals!“ Florian, Flodora, Floribert, Florentine, Florabella, Florenzo und Florina sind strikt dagegen.

„Wisst ihr eigentlich, dass Löwen wasserscheu sind?“, fragt Pinsel. „Ganz im Gegensatz zu Schweinen übrigens. Wir übertreiben es zwar nicht mit dem Baden. Aber hin und wieder gehen wir doch in die Wanne. Löwen nie!“

Das überzeugt.

„Wirklich?“, fragt Florabella.

„So eine Mähne ist schon ziemlich cool!“, findet Florenzo auf einmal.

„Stimmt“, nickt Florina. „Von so was Wuscheligem habe ich schon immer geträumt!“

„Also, abgemacht“, piept Floribert. „Wir ziehen um!“

„Dann los, Pinsel!“ Tafiti stupst seinen Freund an. „Dein Auftritt!“

Pinsel holt tief Luft, dann trabt er zum Notausgang. Schaha Kenua liegt immer noch auf der Lauer.

„Ich halt’s nicht mehr aus“, grunzt Pinsel leidend. „Ich hab so einen verflixten Hunger!“

„Pinsel, bleib hier! Oder du wirst gefressen“, ruft Omama entsetzt.

„Nicht, wenn ich den Löwen vertreibe!“, ruft Pinsel mutig.

„Weg mit dir!“, grölt er und bewirft den Löwen mit seiner grünen Mütze.

Schaha Kenua hält sich den Bauch vor Lachen. „Mit Mützen schmeißen? Oje, bist du aber gefährlich!“

„Lass mich mal!“ Tafiti schiebt seinen Freund beiseite. „Ich warne dich, Schaha Kenua. Du hast dich mit den Falschen angelegt: Wir Erdmännchen haben magische Kräfte!“

„Magische Kräfte!“, prustet Schaha Kenua. „Ist ja toll!“

Tafiti blickt dem Löwen fest in die Augen. „Das wirst du gleich sehen! Pass auf, dir wird das Lachen schon noch vergehen.“

„So? Oh, da bekomme ich aber Angst!“ Schaha Kenua lacht nur noch mehr.

„Wie du siehst, bin ich hier – und da bleibe ich auch. Dennoch werde ich dich gleich fürchterlich in die Nase piksen“, sagt Tafiti mit ruhiger Stimme.

„Dann mach doch“, gluckst der Löwe vergnügt. Dieses Erdmännchen ist zu komisch!

Tafiti hebt beschwörend die Pfoten. „In die Nase!“

„Autsch!“ Schaha Kenua zuckt zusammen. Das tat richtig weh!

„Und noch mal!“, ruft Tafiti.

„AUA!“, brüllt der Löwe und hält sich die Nase. „Wie machst du das?“, wimmert er.

„Und jetzt der Po!“, hext Tafiti.

„NEIN! AU, AU, AU!“ Schaha Kenua springt in die Luft.

„Und wieder die Nase!“

„AHHH! AUFHÖREN!“, brüllt der Löwe. „AUFHÖREN! BITTE, BITTE!“

„Ich höre erst auf, wenn du hier abzischst und dich nie wieder blicken lässt!“, ruft Tafiti.

Omama stemmt ihre Arme in die Hüften. „Und wenn du hier nur deine Schwanzspitze blicken lässt, dann machen wir noch ganz andere Sachen mit dir!“

Schaha Kenua legt den Kopf zur Seite. Soll er das wirklich alles aufgeben? Nur wegen dieser paar Erdmännchen? Doch Tafiti lässt ihm keine Zeit zum Nachdenken.

„Und jetzt überall!“, johlt er.

Das lassen sich die Flöhe nicht zweimal sagen und stechen überall nach Herzenslust. Herrlich!

„ARRRGGGG! NEIN! AAAAAAAAAAAAAU!“ Schaha Kenua braucht nicht mehr zu überlegen: Er rennt davon, so schnell ihn seine Beine tragen.

„Den sehen wir nie wieder!“, jubelt Omama.

„Juhu!“ Tutu fällt seinem Bruder um den Hals. „Das hast du toll gemacht!“

„Das haben die Flöhe toll gemacht!“, meint Tafiti.

„Ja“, nickt Pinsel. „Eigentlich schade, dass sie weg sind. Hatte mich schon so an sie gewöhnt.“ Er lässt seine Pinselohren hängen. „Und meine Mütze ist auch weg!“

„Du kriegst eine neue“, verspricht Omama. „Hauptsache ist doch, wir sind gerettet!“

Pinsel stellt die Ohren auf. „Stimmt, Hauptsache, keine Erdmännchenspieße!“

„Und keinen Schweinebraten“, ergänzt Tafiti lachend. „Los, jetzt lassen wir King Kofi frei!“

„Muss das sein?“, fragt Pinsel.

Opapa schüttelt den Kopf. „Selbst wenn sich Schaha Kenua nicht mehr blicken lässt: Ohne King Kofi werden wir bald einen anderen Löwen hier haben. Und der könnte genauso schlimm sein wie dieser Schaha.“

Tafiti nickt. „Da ist uns King Kofi schon lieber!“

„Also los!“, ruft Pinsel. „Es lebe King Kofi!“

Es lebe King Kofi!

Seine Löwenmajestät King Kofi ist doch einigermaßen verdutzt, dass ausgerechnet Tafiti und Pinsel ihn befreien.

„Wo i*f*st der Halunke?“, brüllt er außer sich. „Den la*f*sse ich ein*f*sperren! Die Mähne la*f*sse ich ihm abra*f*sieren!“

„Wir haben ihn verjagt“, erklärt Tafiti.

„Ihr? Nicht möglich!“ King Kofi reibt sich die Augen. Das kann ja wohl alles nur ein Traum gewesen sein. Ein Albtraum. Aber immerhin mit Happy End: Er ist wieder frei! Und vor ihm steht sein Abendessen: Schweinebraten mit Erdmännchspieß.

King Kofi strahlt. „Jet*f*zt *f*schnapp ich euch!“

„Was?“, grunzt Pinsel. „Wir haben dich gerade befreit!“

„I*f*st mir wur*f*st!“, grinst King Kofi und kommt auf sie zu.

Mit einem Satz springt Tafiti auf Pinsels Rücken. Und der saust los. So schnell er kann.

„Frechheit!“, japst er dabei. „So was von undankbar!“

Aber was hilft es? Der undankbare Löwe jagt ihnen in großen Sprüngen hinterher.

„Da rein!“, ruft Tafiti plötzlich.

Pinsel schlägt einen Haken und saust in den Höhleneingang. Gerettet!

„Da*f*s ist gemein! Immer die*f*se verfli*f*xten Höhlen!“, jammert King Kofi. „Aber die*f*smal entwi*f*scht ihr mir nicht!“

Seine Majestät legt sich vor dem Loch auf die Lauer. Diesmal wird er nicht einnicken, sondern die Augen offen halten. Und so liegt er da, als wenig später Tafiti und Pinsel unbemerkt zum Notausgang hinausspazieren.

„Schau mal!“, meint Tafiti und hebt Pinsels grüne Mütze auf. „Schaha Kenua muss sie verloren haben!“

„Hurra!“ Pinsel macht einen Luftsprung. Vorsichtig schaut er in die Mütze hinein. „Ist da noch wer?“

Aber die Flöhe scheinen es sich in der Löwenmähne gemütlich gemacht zu haben.

„Na ja“, seufzt Pinsel, klopft den Savannensand ab und setzt sich seine Mütze auf. „Hauptsache, die Mütze ist wieder da!“

„Hauptsache, King Kofi ist wieder da!“, verbessert ihn Tafiti lachend.

Und genau das feiern die Erdmännchen mit Pinsel am Abend in ihrer Höhle. Natürlich mit einem von Omamas selbst gebackenen Kuchen.

„So lästig er ist“, ruft Tafiti. „Hoch lebe unsere Majestät!“

„Auf King Kofi!“, rufen alle und ihre Tassen stoßen scheppernd aneinander.

Julia Boehme wurde 1966 in Bremen geboren. Sie studierte Literatur- und Musikwissenschaft und arbeitete danach als Redakteurin beim Kinderfernsehen. Eines Tages fiel ihr ein, dass sie als Kind unbedingt Schriftstellerin werden wollte. Wie konnte sie das bloß vergessen? Auf der Stelle beschloss sie, jetzt nur noch zu schreiben. Seitdem denkt sie sich ein Kinderbuch nach dem anderen aus.

Julia Ginsbach wurde 1967 in Darmstadt geboren. Nach ihrer Schulzeit studierte sie Musik, Kunst und Germanistik. Heute arbeitet sie als freie Illustratorin und lebt mit ihrer Familie und vielen Tieren auf einem alten Pfarrhof in Norddeutschland.

Was weißt du über Löwen?

Löwen wiegen 190 Kilo, so viel wie 260 Erdmännchen zusammen!

Und mit Schwanz werden sie bis zu drei Meter lang.

Genau wie Erdmännchen und Pinselohrschweine leben Löwen in Afrika.

Sie gehören zu der Familie der Katzen. Wie zum Beispiel auch Leoparden, Tiger, Pumas, Wild- und Hauskatzen.

Die meiste Zeit über dösen die Löwen im Schatten und ruhen sich aus. Sie sind richtige Langschläfer!